JUAN BOBO
Y EL CABALLO DE SIETE COLORES

Para Sam que me apoyó en mis sueños. Y también para Jenna y Katie que aguantaron a una madre que se dedicó a escribir y dejó de lado la cocina. A Chuck Reasoner y a Bonnie Brook que hicieron que la vida fuera más interesante. Gracias a todos. —J.M.M.

Versión en español de Ernesto Reggianini.

Library of Congress Cataloging-in-Publication Data

Mike, Jan M.
Juan Bobo and the horse of seven colors : a Puerto Rican legend / retold by Jan Mike; illustrated by Charles Reasoner.
p.   cm.—(Legends of the world)
Summary: After winning seven wishes from a magical horse, the foolish Juan Bobo wastes six of them on his way to try to make the King's daughter laugh.
ISBN 0-8167-3745-2 (lib.)   ISBN 0-8167-3746-0 (pbk.)
ISBN 0-8167-4174-3 (Span. pbk.)
1. Juan Bobo (Legendary character)—Legends.   [1. Juan Bobo (Legendary character)—Legends.   2. Folklore—Puerto Rico.]
I. Reasoner, Charles, ill.   II. Title.   III. Series.
PZ8. 1.M595Ju   1995   398.2'097295'02—dc20   95-11765

JUAN BOBO

Y EL CABALLO DE SIETE COLORES

UNA LEYENDA PUERTORRIQUEÑA

CONTADA POR JAN MIKE   ILUSTRACIONES DE CHARLES REASONER

n la isla de Puerto Rico vivía un joven pastor llamado Juan. Juan era un perfecto simplón, tonto y bobo. A lo largo y ancho de la isla la gente lo conocía como Juan Bobo.

El rey Luis, al que Juan Bobo le cuidaba las ovejas, era un hombre muy rico. Pero su mayor orgullo era su hermoso campo sembrado de trigo. Una noche, una misteriosa criatura pisoteó el trigo del rey. Esto enfureció mucho al rey y ordenó que su trigo fuera cuidado toda la noche. Se planeó un horario para los guardias. Pero cada noche el resultado era el mismo. El guardia a cargo de cuidar el trigo se quedaba dormido y los trigales aparecían pisoteados.

A la cuarta noche, le tocó el turno de cuidar el trigo a Juan Bobo. Salió de su casa, llevando consigo una cuerda y un saco lleno de pan y trigo. Al caminar silbaba, señal de que no estaba muy preocupado porque tenía que cuidar el trigo del rey. Después de todo, los otros guardias habían fallado y se habían quedado dormidos. Ciertamente, a él, no le podía suceder nada peor que eso. Juan Bobo puso su saco cerca de un gran hormiguero y se sentó.

—Como no tengo quien me visite, estas hormigas me harán compañía —dijo, mientras ponía su comida en la falda.

Como todo el mundo sabe, el pan con miel hacen un platillo pegajoso, incluso para un goloso. Juan Bobo no era goloso. Cuando un coquí emitió sus claras notas musicales señalando la puesta de sol, Juan estaba cubierto de miel. Puso en el bolsillo el último bocado de pan, en caso que se despertase durante la noche. Apoyó la cabeza sobre el saco y cerró sus ojos para descansar.

Entonces las hormigas decidieron comerse la comida de Juan.

—¡Ayayay! —se quejó Juan Bobo mientras sacudía una pequeña hormiga que le había picado la pierna.

—¡Ay! —exclamó, sacudiéndose dos hormigas de su barriga y otra del cuello.

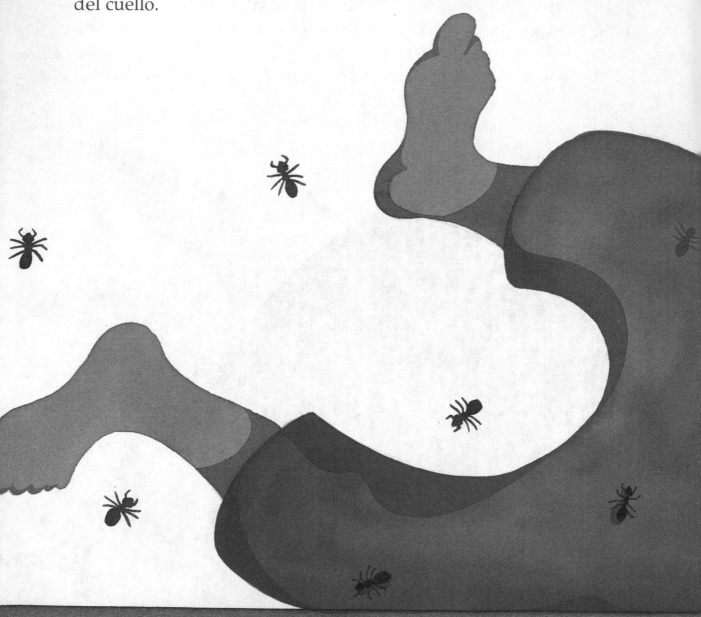

—¡Ay! ¡Ay! ¡Ay! ¡Ay! ¡Hermanas hormigas, déjenme tranquilo! —alegó Juan Bobo.

Palmoteaba y sacudía, pero no lograba deshacerse de las hormigas. Pronto estaba cubierto de hormigas hambrientas que saboreaban la capa de miel que cubría su piel. Juan se tiró al suelo revolcandose enfurecidamente. Finalmente, las hormigas se marcharon.

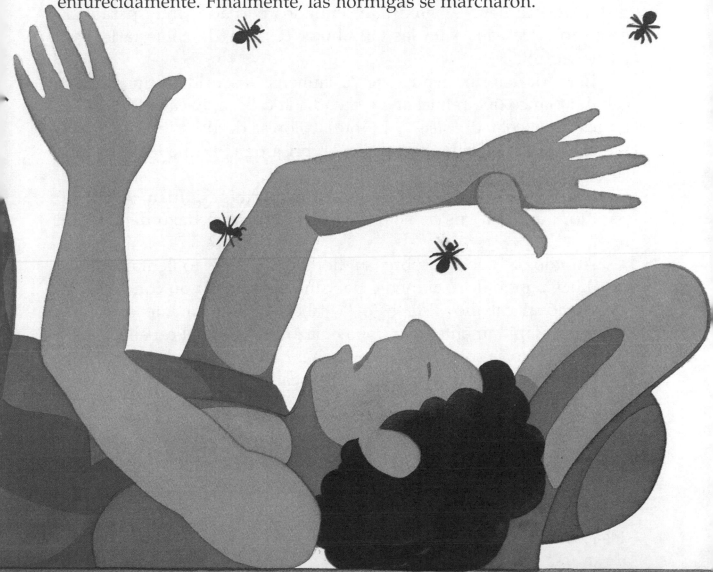

na vez más, Juan Bobo se recostó y cerró los ojos. Pero las picadas de las hormigas lo mantuvieron despierto. Apenas dejaba de molestarle una picadura, otras estaban a punto de enloquecerlo. De repente, una dulce música llenó el aire. Juan sentía los párpados muy pesados y cansados. Deseaba que las picaduras dejaran de molestarle para poder dormir.

Juan descubrió dentro de la inmensa oscuridad un glorioso caballo blanco que relinchaba y sacudía la cabeza. El caballo tenía las crines y la cola de siete vibrantes colores, desde azul hasta azul violeta, desde amarillo hasta rojo. La brisa de la noche los cambiaba como un arco iris.

Olvidándose de sus picaduras de hormigas, Juan se quedó parado, buscó en sus bolsillos y sacó el último pedazo de pan con miel.

Atando la cuerda sobre su hombro, se acercó lentamente al caballo. Cuando llegó al medio del campo, tomó el pan con miel y se lo ofreció al caballo. Éste bajó la cabeza y suavemente comió un pedacito. Rápidamente Juan Bobo enlazó el cuello del caballo.

Juan Bobo se sorprendió al escuchar que el caballo le dijo:

—Si me dejas libre yo me iré de este campo y prometo no regresar. Y para agradecerte, te daré siete pelos de los cubren mi piel.

Juan Bobo le sacó el lazo.

—Cada uno de estos pelos te concederá un deseo, pero úsalos sabiamente, mi amigo.

El caballo parecía sonreír al hablar. Entonces levantó su cabeza y saltó en el aire. En pocos segundos llegó hasta las montañas y desapareció. Por un momento creyó que había estado soñando. Pero al mirarse la mano, vio siete pelos que parecían joyas.

Como la luz del día llegó lentamente sobre el campo, Juan Bobo se fue a la casa. Al llegar intentó contarle a sus hermanos lo que le había sucedido.

—Eres un bobo —se burló su hermano mayor antes de que Juan terminara su historía—. Deberías haber traído el caballo. El rey hubiera pagado una fortuna por un caballo de siete colores. ¡Seríamos ricos!

El hermano menor de Juan movió su cabeza y sonrió.

—Dejen tranquilo a mi hermano. No es culpa suya ser bobo. Además, yo ya estoy listo para irme.

—¿Adónde vas ? —preguntó Juan.

—La princesa Aya ha estado muy enferma. Los doctores dicen que se repondrá, pero la princesa no se alimenta bien y nunca sonríe. El rey Luis ha decretado que la persona que haga sonreír a la princesa recibirá una gran recompensa.

—No hay tiempo —dijeron sus hermanos mientras se despedían.

Juan se rascó la mejilla, el codo y después la oreja. Tomó pelos de caballo y suspiró. Le picaba tanto que ni siquiera podía pensar.

—Desearía que hubiera una medicina para ponerme en mis picaduras y paráran la picazón —dijo.

Bien, como todo el mundo sabe, el lodo es la mejor medicina para las picaduras de hormiga. En un instante Juan Bobo estaba cubierto, de la cabeza a los pies, con un lodo frío y pegajoso. Suspiró y miró su mano embarrada. El pelo rojo había desaparecido.

Levantó su mano para rascarse la nariz y se dio cuenta que no le picaba más. Ahora podía pensar.

Juan salió y caminó bajo el sol brillante. Antes que pudiera pensar en algo, su estómago empezó a sonarle.

—Desearía tener un chorizo tan largo como mi brazo y que, no importa cuanto coma, nunca se acabe.

Antes que pudiera pestañear, Juan Bobo se dio cuenta que tenía un chorizo en la mano. Esta vez el pelo anaranjado había desaparecido. Juan Bobo mordió un pedazo de chorizo y empezó a caminar. Caminaba y comía, y el chorizo nunca se achicaba.

—¡Ya sé! Iré al castillo a ver cómo les va a mis hermanos. Pero no quiero avergonzarlos —dijo mirándose.

No sólo estaba cubierto de lodo, sino que sus ropas estaban totalmente destrozadas depués de la noche en el campo. Sucias, manchadas y rotas no servían ni para vestir a un cerdo.

—Yo desearía usar trajes tan finos como los que tiene el rey —dijo, colgándose el chorizo en su espalda.

No acababa de decir la última palabra cuando se encontró vestido en seda azul y terciopelo rojo. También llevaba un elegante sombrero de plumas adornado con piedras preciosas y botas negras brillantes como espejos. Ni se dio cuenta que el pelo amarillo había desaparecido.

—¡Ah, qué bien me veo! —exclamó—. Pero no me gustaría ensuciar estas brillantes botas. Mejor pediré un caballo. Un caballo negro y grande, y tan fino como los del establo del rey.

¡*PUF*! Un caballo grande y negro se paró frente a él, al mismo tiempo que desaparecía el pelo verde.

Juan Bobo montó al caballo y se aferró de sus crines. El caballo pateó y relinchó en el aire. Luego salió a la carrera con Juan montado en su lomo.

El caballo se metió en el bosque. Juan se agarró firmemente mientras las ramas rompían su ropa fina y su sombrero de piedras preciosas. De repente, el caballo se paró. Juan Bobo cayó al suelo y el caballo se fue galopando.

—¡Ay! —exclamó Juan al ver las hambrientas abejas zumbando por el aire. ¡El caballo lo había tirado en una enorme colmena!

—Desearía tener algo para espantar estas abejas lejos de mí —dijo Juan.

Una bandada de pájaros apareció sobre la cabeza de Juan Bobo. Habían pájaros rojos y azules, café y grises. Algunos eran grandes y otros pequeños. Cada vez que una abeja trataba de picar a Juan, uno de los pájaros la agarraba al vuelo y la destrozaba con su pico.

—Ese caballo era muy grande para mí —dijo Juan—. Desearía tener un burro gordo y viejo.

—¡*Ji jo!* —rebuznó un burro parado frente a Juan. Entonces, los pelos azul y morado desaparecieron. Sólo le quedaba el pelo de color violeta. Juan lo metió en su bolsillo y se subió en el lomo del burro. Lo palmoteó y el animal empezó a avanzar lentamente por el camino.

Ignorando el enjambre de abejas y los pájaros, Juan suspiró y sacó el chorizo: le pegó una mordida. Le iba a tomar mucho tiempo llegar hasta el castillo en este viejo burro.

Camino al castillo, pasó por un pequeño pueblo llamado Gato. Por supuesto el pueblo estaba lleno de gatos. Al ver la bandada de pájaros que volaba sobre la cabeza de Juan Bobo, los gatos comenzaron a maullar tan fuerte que dejaban sordo a cualquiera. Ronroneando y arañando, los gatos seguían a Juan, cada uno deseando agarrar un gordo y apetitoso pájaro.

Juan Bobo guió al burro hasta el próximo pueblo, llevando por compañía abejas, pájaros y gatos. Como había muchos perros, este pueblo se llamaba Perro. Ladrando y gruñiendo, los perros salieron disparados detrás de los gatos.

Finalmente, Juan Bobo llegó al castillo.

La princesa Aya se sentó en el balcón a esperar con sus damas. Los malabaristas hicieron todo tipo de piruetas en el patio y los músicos tocaban sus instrumentos. Pero ninguno logró hacer sonreír a la princesa.

Juan Bobo, con su roto vestido de terciopelo y cubierto de lodo, miraba cómo su gordo y viejo burro rebuznaba en medio del patio. Un montón de abejas enojadas zumbaban alrededor de su cabeza. Mientras tanto, los pájaros de varios colores silbaban y se lanzaban sobre las apetitosas abejas.

Ronroneando y maullando, una ráfaga de gatos saltó sobre los pájaros. Y detrás de ellos, ladrando y aullando, los enfurecidos perros los perseguían.

Juan se sentó. Con una mano cubierta de lodo, se sacó su sombrero andrajoso e hizo una reverencia. Después sacó el chorizo y sonrió.

—Buenos días, princesa mía. ¿Quisiera comer un pedacito?

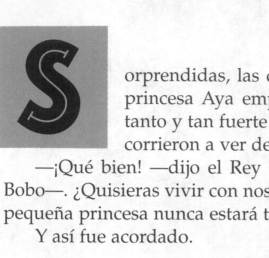

Sorprendidas, las damas miraban cómo la princesa Aya empezaba a sonreír. Se rio tanto y tan fuerte que su mamá y su papá corrieron a ver de qué se estaba riendo.

—¡Qué bien! —dijo el Rey Luis cuando vio a Juan Bobo—. ¿Quisieras vivir con nosotros, amigo mío, así mi pequeña princesa nunca estará triste?

Y así fue acordado.

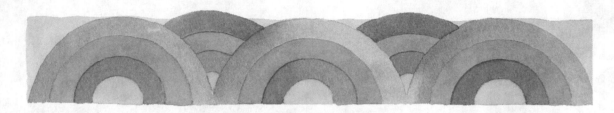

Desde ése día, Juan Bobo vivió en el castillo con el rey, la reina y la princesa Aya. Se hartó de comer chorizo, pan con miel y otras cosas ricas, hasta que estuvo tan gordo como su viejo burro. Todo lo que tenía que hacer a cambio, era ser un bobo perfecto.

El caballo de los siete colores mantuvo su promesa y nunca volvió al trigal de rey. Juan puso el último pelo mágico debajo del colchón de la cama. Como tenía todo lo que deseaba, nunca tuvo necesidad de usarlo.

Islas del Caribe

Puerto Rico

El "sabio bobo" es un personaje tradicional que se puede encontrar en muchas culturas. Las leyendas de Juan Bobo, de Puerto Rico, probablemente comenzaron con cuentos de campesinos. Estas leyendas eran relatadas por los *jíbaros* para burlarse del comportamiento pomposo y tonto de los aristócratas gobernantes españoles y también de los puertorriqueños que pretendían imitar a los españoles. San Juan Bautista fue el nombre original que el explorador Cristóbal Colón le dio a la isla en 1493. Antiguamente, Puerto Rico era el nombre de la capital. A través de los años, el nombre de la isla y la ciudad fueron invertidos. En 1898, trás la derrota durante la guerra Española-Americana, España cedió el control de Puerto Rico a Estados Unidos.

Puerto Rico es una isla tropical con un clima placentero y hermosas playas. Su clima reparador es una de sus grandes atracciones. El medio ambiente ofrece óptimas condiciones para el crecimiento de las plantas y frutas tropicales, como las papayas y los mangos. Con frecuencia, fuertes huracanes azotan a la isla entre los meses de junio y noviembre. Hay lugares en la isla donde llueve casi todos los días. Aunque mucha de la flora que una vez cubrió la isla ha desaparecido, todavía quedan muchas plantas, incluyendo el flamboyán con flores de rojo flamante, árbol nacional de Puerto Rico. También abundan gigantes helechos y hermosas orquídeas.

Entre los animales salvajes que habitan en la isla se encuentran murciélagos, mangostas, culebras no venenosas, iguanas y otros tipos de lagartos. Por las tardes, una pequeña rana, llamada coquí, canta sus claras notas musicales. En Puerto Rico es muy común la críanza del caballo de paso fino, famoso por su elegante trote.